詩集

その先の視線へ

服部昭代

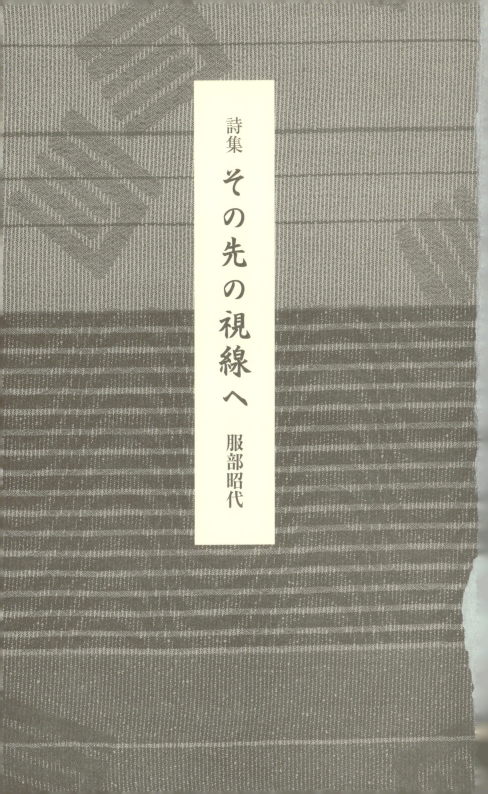

服部昭代詩集　その先の視線へ　目次

I　ネーマプロブレマ

国境の青年たち

いきなり青年は話しかけてきた
繰り返す身振りに
手を差し出すと
すばやくドル紙幣が渡された

ブラウスのポケットにしまい込み
ゆっくりとシートに沈む
六人掛けコンパートメントに漂っていた
違和感が消えた

国境の町[1]セジャーナで

列車は停止した
パスポートコントロールの係官が回ってくる
差し出す私のパスポートに見向きもしない

ユーゴの青年たちは
トランクをひっくり返され靴を脱がされた
違反　摘発
二文字が交差する
限られた持ち出し金
預けられた紙幣

暗闇に浮かぶセジャーナの駅舎
ひとかたまりの青年たち
強制下車の人々
彼らを残して列車は動き出す

車窓に写る彼らの姿は
ユーゴの春の遅さを思わせる

コンパートメントの青年たちは
陽気さを取り戻し
おしゃべりになった
差し出した紙幣を受け取り
上着やスラックスを示す
トリエステにはどんなものもある　と
ことさら身振りを大きくした

一度洗えばのびきってしまうシャツ
汚れの落ちない洗剤
すぐにパンクするタイヤ
ザグレブの知人の愚痴を思い出す

チトー時代の膨大な借款
外貨稼ぎの生産物
商店街のウインドウは
飾りたてられてはいたが
青年のほしいものは見当たらない

列車がトリエステに着いた
早朝の街中に警笛だけが響いている
わずかな乗り換えの客を残して
満員だった乗客は
寝静まった街の中へと出て行った

注①セジーナ＝ユーゴスラヴィアとイタリアの国境の町
②トリエステ＝ユーゴスラヴィアとの国境近くにあるイタリアの都市

ネーマプロブレマ

ガシャンと音がした
「列車が動きだしたぞ」
「国際列車だから小さな町は停まらない」
「今後何処かで停まったら飛び降りろ」
口々に乗客たちが声をかけた

ザグレブを発つ日
見送りのおじさんを乗せたまま
列車は動き出していた

列車が畑の真中で停まった
近くに道路も町も見当たらなかった
「ここで降りる」
おじさんは発すると同時に飛び降りた
「どうやって帰るの」
「ネーマプロブレマ、ドヴィジェーニャ」
たったひとこと言って
歩き始めていた

立ち止まって
タバコに火をつけたが
もう振り向きはしかった
「ネーマプロブレマ」
とれほど重ねているのか

すこし丸くなった背中に

ドイツの侵略
スターリンの干渉
膨大な借款と高率なインフレ
この国のかかえる様々な苦悩
息子の死
おばさんの病気
物価高　品不足
様々な苦労

ネーマプロブレマ
車窓をながめながら
つぶやいてみる
一つの事柄が腹におちた

*ネーマプロブレマ

セルボクロチア語で「問題ない」「大丈夫」の意味

*ドヴィジェーニャ

セルボクロチア語で「さようなら」

サラエボのスズメ

羊の肉とコーヒーの香りが漂う
黒い瓦屋根の軒の低い家々を
石畳が結ぶ
小さな間口いっぱいにみやげ物が並ぶ
サラエボに降り立った時から
決めていたのだ
歴史を刻んだ町を
真先に見ようと

だから　私は

前ばかり見ていたのだ
通り過ぎて
水音が私の足をつかんだ

振り向くとそこにスズメ
僅かに残る水たまりで
水あびをしている
風の冷たい三月の早朝

体を思いきり丸くして
全身で水しぶきを受けとめている
川にかかる橋の近く
道端の水たまり

オーストリア皇太子をねらった青年の

路地に残した足跡
歴史をとどめたその場所は
再び証言者となった

留め金がはずれたロープは
反発しあって混乱した
足跡はすでに飛び散り
オールドタウンは
砲弾にさらされた

様々な思い　暮らしをのみ込んで
吹き荒れた嵐の中
悲しい目の少年よ
子を抱く母よ
巻毛の青年よ

どこにいただろう

そして
スズメよ

陽気なスズメ
サラエボのスズメよ
また水あびをしているだろうか
あの場所で

スプリットの風

あっ　今　頬をかすめたのは
スプリットで出合った風だ
かすかに潮の匂いと早春の光を感じた
十二月だ
秋に散りそびれた黄色い葉の舞う
御用水のほとり

確かに感じたのは
スプリットの光
香ったのはアドリア海

三世紀の遺跡の上の湿った石の匂い
骨も肉も丸ごと煮込んだスープの匂い
あの時と同じ

ザグレブの森に
黒土の広がる中
所々雪の残る三月
クロッカスはまだ芽吹いたばかり
そんな風の中
スプリットに旅立った

だから
今
出会ったのか
明るい日差しの中

頬は感じたのだ
しっかりと

ユーゴスラビアの
二十八年の歳月の中で
人々は傷つき
涙の中でも
明日を見つめていた

底ぬけに明るい南の人よ
その面影が
いっきに流れ込んできた
マルクーシェバツのファミリー
列車でラキアを勧めてくれたセルビアの青年

サラエボのビジネスマン
そしてますみさん

通り過ぎた人々の笑顔が

全身をかけめぐる

注 *御用水（名古屋市御用水跡街園）
スプリット（クロアチアの都市）
ザグレブ（クロアチアの首都）
ユーゴスラビア（旧ユーゴスラビア）
マルクーシェバツ（ザグレブ郊外の村）
ラキア（プラムから作られた酒）

Ⅱ　祈り

橋

中津川を貫く
国道十九号線のバイパス
中津川にかかる橋がある
赤くそびえる鉄骨
その橋の上流に名前も忘れられた
一本の橋が葛に埋もれている
（バイパスにかかる橋と隔たること数百歩）
欄干を支えたであろうコンクリートの
支柱だけが空に突出している

軍靴の底がカッカッと橋の面をたたきつけ
軍歌が世に流れ
この山奥にまで飛行機が飛び始めたとき
数人の軍人がこの近代的な鉄の欄干を取り囲み
欄干を取りはずしていった
後にその欄干は鉄砲の玉となって
アジアへ飛ばされていった
後に残されたのは欄干のない
コンクリートの橋と
役に立たなくなった支柱ばかり

それでもこの橋は手賀野と中村を結び
薬売りを通し　荷車の重さに耐え
農夫の立ち話を聞き
夏には水遊びの子どもたちの

空にも昇りそうな声を聞き
葛の茂る道を静かに結んでいた

老婆は孫に語る　橋のこと　老婆の悲しみ
幼い耳は
コクンとうなずくと
老婆を離れ歓声のあがる川面めがけて
かけ出していった
老婆は目尻を細めて幼児を見つめる

幼子は覚えている
名前も刻まれず
葛に埋もれ　荷車が遠のき　橋から会話が消え
赤い橋がおおいかぶさろうとも
老婆に繋ながる過去を

夏の陽がコンクリートの肌を白く光らせ
川面と同じようにまぶしく
葛や野いちご　くるみに囲まれた
あなたの風景は
草いきれの中で眠ってしまいそうに
おだやかだ

老婆の瞳の奥の奥
南方で死んだ息子
陸軍病院で死んだ息子
船ともども海に消えた息子

行くなと言えず
泣くにも泣けず
じっとかみ殺して　耐えた悲しみ

おもい

年ごとに強くなる　おもいがある
あいたい

去年の夏
なつかしい町を訪ねた

手動式のドア　二両編成の
民家の軒をかすめて走る電車で

階段のないホームは

改札を出るとそのまま広場で
低い軒先の平べったい家並
木枠の窓に格子戸

酒屋の軒の酒林
暗い奥へ伸びるトロッコのレール

肩を並べて歩いた風景を
なぞりながら　だらだらと坂を登る

ゆるいカーブを曲がって
路地へと折れて三軒先

あなたの家

家族の名を連ねた表札に
なつかしい文字

あのころのままの間口

このままそこをくぐれば
あなたにあえそうな

ひだまりの中の
あなたの家

夏の日に

田舎町をさらに田舎と結ぶ
小さな駅である
正面に改札口があり
右側に発券の窓口
左側に売店
生せんべいやみかん、チューレットなどと土産物を置き
どこか旅立ちの装いをしていた
改札口の前は木のベンチが置かれ
待ち合い所となっていた

私は普段は買ってもらえない
大きな箱の大きなおまけの付いたグリコを買ってもらえるので
この売店は好きだった

この駅へは祖母と又は両親と
何度も訪れるが
それはきまって
特別な日だった
だから普段はその駅へ足を向けることもなかった

毎夏
夏休みになると川へ出かける為
この駅を訪れた
着くとすぐ
売店へかけて行き

今日の買い物を物色した

一時間に一本ほどの間隔でしか発車しないその電車を待つ間
私はせかされることなく物色することができた

時はおだゆかに流れ
改札口を一人また一人と通りぬけ
いつの間にか電車は発車する

二両編成のその電車は
川と山の隙間を通るため
左は山肌　右下方は川という景色がずっと続き
夏は
山肌を下る蝉しぐれと川風がここちよく

川原で鮎つる人々の眺めに
胸をふくらませていた

駅は川の土手ギリギリのところにあったので
駅を出るとすぐ
そこは草いきれの中
青草の茂る小路が
川へと続く

草々をそよがせる風と
流れる川の音だけが
あたりを包み
あとはみな
高く上がった陽に
まどろんでいた

川辺に近づくと
子どもたちのはじける声と
水しぶきの音

ゴロゴロと横たわる
石を飛び飛び
時々見かける大石の
掛けごこちのよさそうなところに荷を置き
早々に川へと向かうが
山から湧き出た水の流れるこの川は
水温が低く
少しづつ水に体を慣らして
一気に水につかるが
少し長くつかっていると

体は冷えきってしまい
震えがくる

浮輪に腰かけ流れに身をまかせたり
浅瀬の小魚を追いかけたり
川遊びに興じる

ささやかな
夏の一日なのだが
夏中を満ち足りたものにしていた

いつの間にか電車はなくなり
駅も消え
川遊びの人々も去ってしまったが

私は時々帰ろうと思う
夏のあの
川辺へ
そしてささやかなその日が
どれほど輝いていたか
見つめていたいと思う

森へ

海から来た人は潮騒といった
風は梢から梢へ　渡されて行く

運んでいるのは
よせて返す　波の動き
楠木のかおり　杉の木のかおり
梢から地上にゆっくりと注がれる森のかおり

山の者は　森の言葉を聞いていた

旅をして来た
はるかな森を

傾きかけた日差しが
私に刻み込まれてゆく

私はかつて　ここにいた
刻まれた温もりを　血潮は覚えていた

流れている　森の記憶
木々の血潮の中　葉ずれのささやきの中

そろそろ　夕づつが家路へと誘うころ
すべての記憶が　私をいぬく

始めて来たこの森が　なつかしさに満ちていたのは
山の民の記憶

かつて祖国を去らねばならぬ人々の
祖国を思い暮らした地

なつかしさで　捜し求めているのは
はるかな原風景

川へ

日差しは夏のそれと同じだが
ふいに立ち上がる風は
冷気を帯びて
秋を予感する

夏を遊び足りず
川辺でおしんでいたのだ

西日を背にして
いきなり

少年が話しかけてきた

はじけた空気の
勢いにおされ
親しく言葉をかわしていた

「明日またね」
石投げして別れたが

授業が終わって
竹藪の坂をころげ
ひとまたぎの
丸木橋を渡り
野イチゴの原っぱを突っ切り
葛の茂る河原に

立っていたが
少年とは会えないままだ

毎日のように河原へ出掛け
石投げをしたが

夏の日が西へと傾き
日差しが急速に遠のくと
川面までよそよそしく
遠ざかっていった

夏の間とめられていた
悪水と言われる水が
製紙工場の堰からほとばしり

ダムの水が放水され
川は徐々に姿を変えた

どこにでもあった
川への道は
葛に覆われ
見つけられない

川はあれからずっと
遠のいたまま
私の夏は終わらない

夏と秋の
あわいの時
太古から続く夕づつに

人が染められるとき
私は
川辺へと
急ぐ

野原にて

少女のころ　遊びといったら
ねこやなぎを摘み　蓮華草を摘み
よもぎを摘み　野いちごを摘み
土筆を摘み
一日中　野原をかけまわっていた

籠いっぱいに摘んだ野いちごを
母はジャムにした
それは　たった一度のことだったが
野いちごのジャムの味や色

小さな種の食感まで
鮮明に　舌に焼きついている

周りは
自動車教習所や　木材置き場となり
風景はどんどん変わっていったが
線路脇の野原はいつも変わらず
野いちごが一面に繋っていた
梅花藻の花が咲き　イモリが宿る小川と共に

デコボコでほこりだらけの道が
アスファルトに変り
遠くの製紙工場の木材を運んでいた汽車は
トラックに変り
レールが取りはずされると

風景は　いっきに　変わってしまった

市役所が建ち　消防署や裁判所が移り
それまでの木造二階建ては高層のビルとなり
線路はアスファルトの道路となった
野原は　ビルの下へと呑み込まれていった

私は年を重ねながら
変わっていく野原を見つづけたが
もう　野原の影も　小川の切れ端も
思い出すことはできなくなった

しかし　どこかに
私は求めつづけている
私の野原を　私の野いちごを

百舌がいた冬

君が逝って
しばらくしてから
庭の楓の枝に
百舌が一羽
止まった
ずっとこちらを見て
身づくろい一つしないでいる

明くる日も
気がつけば同じ枝に
たたずんで

こちらを見つめている

君の霊　鳥になってやってきたのだろう

母さんの所へは行ったの
母さんは気がついたの
飛翔するまで
数十分の間

君は何を考えていたの
君を追いつめていったのは何
今どうしているの
幸せでいるの
痛くはないの
寒くはないの

淋しくないの

目を見つめ続け
いつの間にか
問いかけていた

斎場を包んだ
大ぜいのクラスメイト
すすり泣きの声が渦となり
薄曇りの空へと舞い上がっていった

百舌よ
雨の日も　体丸めて　止まるその枝
私からもっともよく見えるその場所に

私はこちら側で君の目をみつめ
たくさんのなぜを発し
母さんの気持ちを発し
私の気持ちを発し
昨日のことを発し
発し続け　問い続け

君はずっと目をそらすことなく
見つめ続ける

百舌よ
お前は時折くちばしを枝に打ちつけ
捕食を伝げる

頑張り屋で

弟に優しく
母さん思いの君
息子思う母さんの気持ち

君に伝わっていただろうか
君の気持ち　母さんは知っていただろうか

君と語り合えていただろうか

小さなバッグと
教科書と
数枚のＣＤと
アイドルのポスターと
ユニホームと
サッカーボールと

他には何も
持たなかった君が

かかえきれないものに
のしかかられて
君はいちずに
直進していった
飛翔へと

毎日
視線を感じて目を上げると
そこには百舌がいて
じっとこちらに目を向けているから
私は語らずにはいられない
問わずにはいられない　ずっと

病室にて

硬直していく母の唇に　こびりついた血を
唇を湿らせる為に置いていたコットンで
ぬぐうのだが
キッと結び合された口は　いっこうに
開こうとしない
指でこじあけて頬や顎に
蓋のように
こびりついた血を
こそげ取るようにして、ぬぐえば
ひとかたまりごとにごっそりと剥がれてくる

母はずっと口に含んだままだったのだ
はき出す力も、取り除くように欲する力も
残ってはいなかったのだ

歯のない口は
力をぬけばそのまましぼんでいく
唇の周りだけ皺だらけで
妙に歳を感じさせるので
ありったけのコットンを口に含ませて
　家に帰ったら入れ歯を入れてあげよう　と
妹と言葉をかわした

下顎呼吸の始まった昨日から
この時を

いずれ訪れると思いながら
母は大丈夫と　どこかで願っていた

いずれ迎えるだろうその日にそなえて
部屋の片付けは
合間をみて行っていたが
まだ母が着るだろうと思われる服は
捨てきれず
洗濯をして
タンスにしまい込んでいた
頭のどこかで　そんな日はもう来ないと
いいきかせながら

一枚　一枚
いつでも着られるように

畳んでいたのである

やがて
医師がおごそかに臨終を告げ
看護師が来て
清拭の儀式が行われ
母は家に帰って来た

暮らしの中で

悲しみはどこから来るのか

思い出からか
後悔からか
寂しさからか

夕餉の仕度の静けさから
朝の湯気のせわしなさから
日ざかりのにぎわしさから

そのような日常の足どりの
ほんの一時
尋ねる静寂の中に
悲しみが潜んでいたりする

だから思いがけない時に
いきなりやってくるのだ
涙が

父へのオマージュ

父の　「どさない」

私の首の後ろに出来たできものを
　どさない
と　言って
自分のニキビをつぶすように
親指の先でつぶした
私は悲鳴を上げた

その日からできものは

首の根元で大きくふくれ上がり
首を回すことも
顔を上げることも
出来ず
うつ向き加減のまま
ズキズキと痛みをもって
私を苦しめた

私のできものは根太
何日も痛みと熱が続き
憂鬱だった

母が緑色の薬を買って来て
できものにあてて数日
膿が大量に出て

やっと痛みから解放された

父の
　どさない
は
あてにならない
父が何かにつけて
　どさない
と　言う度
根拠を訊ねて
答えに窮した父を
私は責めた

父の涙

まだ早いと言う
父母を説き伏せ
広島に嫁いだ私は
離婚をつきつけられていた

気に掛けた父母が広島に来た

平和公園に向う橋を渡りながら
　かわいそうに
と
声をつまらせた

妹とは
軽口を言いながら笑う父だが
私はなぜか　それができない

冗談が苦手で
上手く話せない
だから父とも
打ちとけられないでいた
そんな　父の
涙であった

祈り

お堂だった
岩に囲まれた仄暗い
その中で
こおねえもたみさんも皆
地蔵の前掛けを替え
仏の花を替え
賽銭箱の汚れをぬぐい
かいがいしく
世話をやいていた

そして長い祈りに着くのだ
ゆっくりとゆっくりと
一心に唱え
祈るのである

祖母たちは
いつも祈っていたのだ
朝に夕に　陽に向かい
月を愛で
また祈り
山に手を合せ
大地に頭をたれ
祈っていた

祈りの後は

はれやかな顔で
ひねもす
語り
家路に着くのだ

山の畑へ

「山へ行ってくるわ」
そういって出かける時の祖母は
鍬を一本とやかんを下げて
懐に　一つまみの菓子を入れて出掛けた

山懐の村を
貫いて延びる一本の道を
山へと勾配を登って行く

「こう姉《ねえ》　山か」

田んぼの知人が声を掛ける
祖母が生れ、育った村である
知らぬ人はいない

登るほどに傾斜は増していく
道は地形に添って縫うように曲線を描く

最後の急勾配を登りきったところ
秋葉神社に
参拝し
山へと入っていく

正月・盆・祭りの前には
道作りと称して　村人総出で
整えてきた道だ

畑に着くと
谷川に下り　水を汲む

火を起こし
茶の木の枝を数本手折り　火であぶる
枝葉もろともやかんに入れ
茶を作る
ほのかにほうじた香りが立ち上がる

おもむろに　畑を見渡し
流れた土は元に戻し
徐々に鍬を入れるのである
キクさやヤタロウさも

同じように
暮らしてきた

陸稲
里いも
じゃがいも
さつまいも
水も手も
かからないものを作っていた

畑の先は芒の原の続く原野である
時々雉が飛び出し
猪や野鼠が
作物をかじっていったが
そんなことには　おかまいなく

畑を作っていた

作業に疲れると
村を見おろしながら
懐の菓子をつまみ
茶を楽しんでいた

冬になると
近くの鳥小屋に
仲間と籠もり
数日を過ごして帰って来た

戦争で四人の子を失い
夫を見送り
外に出すことを　許されなかった

思いを
飲み込み
田畑を耕し続けた

時おり
山の畑に出掛ける
祖母の背中は
背すじの伸びた
穏やかな後姿だ

畦豆《あぜまめ》

田の泥を掬い取り
畦を作っていく
田植えを前に
畦を整え田に水を張る
畦は保水の知恵
その畦に大豆の種を播いていく
短かい杭で穴を空けながら

ぐるりと田んぼを囲むように

かつてはどこの田も同じ光景があった
泥の黒と豆の緑が
よく映えた
月見の頃は
まだ青いその豆は
枝豆として
月に捧げられた
そして稲刈りの頃
田に稲架の長い影が伸び
豆も収穫の時を迎える

大人たちが
稲刈りで忙しく
手を動かす先に
イナゴが飛びかい

それを追いかける子がいて
老婆が豆の茎で
ヘビやむかでの作り方を伝えた

豆の木は
根っ子から抜き取られ
軒先に吊され
莢の乾わく時を待つ
莢がはじけると
いよいよ収穫である
木槌で叩くと
莢はねじれ豆が弾ける

抜け殻は
竈の焚き付けとして

一くくりにまとめ
竈の脇で出番を待つ

竈の火は柔らかい
体も温め心もほぐす
大豆は味噌に醤油に仕立てられ
内なる炎で命を育む

季節の中の百姓仕事
日を仰ぎ月を愛でて
宇宙《ソラ》の知らせを聴く
風と共にあった暮し

枝豆も大豆も口にするが
畦豆は何処に

Ⅲ　標的

標的

私たちは狙われていたんだ
浦添前田高地の住居で
まだ小さな息子を抱いて
散歩に出た時

目の前にヒョイと現われた
アメリカ軍のヘリコプター
操縦士と目が合ったのは
今日まで
偶然のことと

思っていた

沖縄本島北部東村高江区
深い森を有し
豊かな自然をたたえた区域
※人口一六〇人ほどの集落
周りを
米軍専用施設
ジャングル戦闘訓練場が取り囲む
民家の間にフェンスはなく
兵士が庭先に現れることも
珍しくない

訓練施設に降りる
ヘリコプターは

ドアを全開に
兵士は飛び降りんばかりに
身を乗り出し
人々を見下ろしながら降下していく
まるで作戦を遂行しているかのように
住人を標的と見なして

意図なのだと言わんばかりに

私はヘリコプターの
操縦士と目が合った時
思わず息子を抱く腕に力が入った

日常を切り裂いた
恐怖

高江の人々は狙われている
私もまた狙われていた

そしてそれは
美しい緑深い森の中である

※映画「標的の村」より説明引用

再会

「覚えていますよ、覚えていますよ」
肩を抱いてなつかしんでくれる
会ったのは　沖縄に住まったばかりのころ
ハーレー船の祭りと　やぎ汁を囲んだ　二度きり

出産して数日で
激戦地の南部から　北部へ

北から南へ　人々が逃げまどうなか
南から北へ　逃げたと聞いた

それ以上聞くこともできず　数年の時が流れ
大勢のうちの一人でしかない私を

「覚えていますよ、覚えていますよ」
肩を抱いてなつかしんでくれる

破片で顔半分をえぐられ声もだせず　うずくまる人の横を
くびの無い赤ん坊をおぶった人の横を
土塊が飛び散るように
肉体がちりぢりにされていく　砲弾の中を

「戦後がそのまま僕の歳だからね」
生かされる命見つめるため　髭をのばしはじめたと
顔中髭だらけの　そのひとの息子は言う

毛むくじゃらの顔の奥で　優しい目が光る
今度の誕生日がきたら　もう一度自分の命を考えるために

土に立つ時　この地層の悲しみ　苦しみに
足裏合わせて　明日を見つめるために　髭をそる

アメリカーヌユ　ヤマトゥヌユ
あなたとあなたの子どもたちは
ずっと見つめ続ける

語りかけてくる

Kさん追悼

私は　山に囲まれた町にいます

ここには
低空飛行を繰り返す
飛行機も
高台を　目線の高さで飛ぶヘリコプターも
ありません

空は静かです

爆音で
赤ん坊が目覚めることも
米兵に　銃を向けられ怯える子どもも
いません

基地を囲むフェンスを
どんな気持ちで眺めていたか
Kさん
あなた方が
どんなに
口唇を噛んできたか

沖縄の姿を
テレビが報じ
新聞が片隅で伝え

そうしていつの間にか
取り上げられなくなります

「沖縄タイムス」が
「琉球新報」が
一面で報じたことも
こちらでは端に
添えられるように
載せられます

普天間も辺野古もオスプレイも
沖縄国際大学も横浜の林さん母子も

端へ端へ寄せられて
いくのです

これが
この国なのだと
この町に来て
思います

ここでは
沖縄のどこでも出合った
軍用機も
どこまでも続くフェンスも
耳をおおいたくなる　爆音も
いつも何かに怯えることも

ありません

Kさん
あなたは
その意志を
淡々と
しかし　毅然と
語ってくれました

私は忘れません
あなたの語った沖縄を

光の横の
真の暗さを
山に囲まれたこの町の
空はずっと続いていて

沖縄の空へと広がります

風は

南から雲を運びます

耳を澄ませば聞こえてきます

目を凝らせば見えてきます

恩納の女《ひと》

夏が近づき
沖縄の夏への
誘惑が激しくなる
リゾートホテルを林立させ
テレビで
雑誌で
旅先の暮らしを
描いてみせる

沖縄の顔は

観光の色に　ぬり変えられ
恩納は
華やぎはじめた

赤土を被り　死んだサンゴ
魚のいない海
人口ビーチのふちかざりに
魚にされた人間が泳ぐ

それらを　見据えるおばー

座り込みは　続いた

アメリカ軍は
骨組だらけの　薄気味悪い建物を

密かに増やそうとしている
村長を先頭に　おばーも座る
アメリカ軍の　トラック　ジープと
向い合った

機動隊が
手を持ち　足を持ち
四人も五人もが
一人に　寄ってたかって
ごぼうぬく

　わたしら年寄りは無理できません
涙を手のひらで拭い

両肩から囲まれるようにして
ノロノロとその場を立ち去った

日本の軍隊を思い出しましたよ
夫も息子も娘も　日本軍に殺されました
沖縄はちっとも変わりません

おばーは　恩納岳を　見つめる
砲弾で　赤むけた　恩納の肌
よこたわる泉
泉から引かれた水道

水につながるおばーの暮らし
今日へ続くおばーの歩み

イクサヌユ
アメリカーヌユ
ヤマトゥヌユ

一緒に生きた樹々が
ざわめくのを
おばーは見つめながら
そこに　座る

宮城島

具志川から勝蓮半島へ
車を走らせた
半島の先端は
米軍施設のホワイトビーチ
太平洋へと広がる
隣合せに海上自衛隊沖縄基地
大きく迂回して海中道路を渡る

海の中の一本道を車は進む
視界の先の石油備蓄基地

石油タンクの並ぶ平安座《へんざ》島を廻り
宮城島へと向かう

「腰まで海につかって運んだんですよ」

頭に刈り取ったサトウキビを乗せ
沖の船まで運ぶのである

石油備蓄基地建設計画

反対のものには製糖工場は使わせない
刈り取ったサトウキビは一刻も早く工場へ
持ち込まねば

鮮度は落ちる

暮れかけた海へ女たちは走る

潮が引いた島に船は着けない

字《あざ》ごとの工場は収穫を終えたところから
閉じられる
季節労働者たちは渡って行く次の工場へ

工場をさがし　運搬船を見つけ
急がねばならない

集積したサトウキビを手分けして運ぶ
海の中を　頭にサトウキビを乗せ　波の中

今も残る団結小屋
サイレンを鳴らし
海に出たものは海から
畑に出たものは畑から
急勾配の坂を
はうようにして守った

石油備蓄基地を拒んだ島は
今も昔からの営みが続く

古老は語る
畑があるからここで暮らせると

Ⅳ　その先へ

内なるものへ

病　重い人が
自ら料理すると言う
自分のことは　他人に伝えきれないと
ゴボウを炊く
普通に炊いたのでは
硬くて
弱った腸では吸収できない
十数時間をかけて
ゆっくりと炊く
口のなかでほろほろと崩れるぐらいに
醤油と梅干しで炊く

自ら食して自分に合った柔らかさを探る

そうして生命がめぐること
体で感じるのだという

私は今日も台所に立ち

病　重い人を　自らを
想い

大地に生きるもの
海に生きるもの
想いはめぐり

食すことは祈りにも似ていると思うのだ

家路

陽が西に傾き
差し延べる手で　後押しされる様に
気持ちは帰路へと急ぎ始める

お湯を沸かし　米をとぎ
夕餉の支度をしながら
窓に灯をともし　温もりを作る
かつてその様に迎えられていた　時と同じに

今ごろあなたも

西陽にせかされながら
自転車を駆って
橋を渡っているだろうか

日々の暮しの僅かな時に
森へと旅を重ねる

風が運ぶ時の話
泉のつぶやく土の話
木がつぶやく営みの話

膝つき　耳をあて
聞いてきたのだろうか

野良仕事の足を通し

草つみにはやる足を通し
牛を　荷車を
生業が通る
道草の生い茂る
あなたの好きな道

小さな橋にさしかかるころ
陽に包まれる
あなたのシルエット

私も探しているのだ
浮き草でありながら
かつて根を張った記憶を辿って
身体の奥底から湧き出す
なつかしみを

温もりをあなたに

乳飲み児を抱えた私は
風邪に苦しんでいた
熱っぽく節々の痛む体で
乳房をふくませていた

「子を抱くと　肩も張るに」

そういって母は　私の首すじから肩を
包み込むように　手のひらをあてがい
ゆっくりとさすってくれた

母の手当てが私をほぐす
その手の温もり

だから私も
うずきに苦しむあなたに
手を添える
滞った流れが　ゆるり
解け出すように

がりんと悲しむ首根をもつあなたに
温めた私の手のひらで
がちがちと音のする肩を
ゆるりほぐすように

そっと手を添えよう
一時でも
温まった流れが
心にも届くように

視線

見るのではない
見詰めるのだ
その先の視点で
包み込むように
ただみつめて
全てを知るのだ
その一点で

風の記憶

ふと　吹いて来た風に
なつかしみを感じる時がある

小学五年生の遠足の記憶
放課後のひと時
温もりや香り

その時と同じ空気が頬にあたる

風はめぐっているから

いつかの風に
今
ふいに　出合ったのだ

この頃

「正月くらい　早く帰ったらよか」

喉に病を抱え
入れ歯なくし
歯茎でものを噛むから
さしみも固いと言う

足腰弱り
用を足すのもままならぬが
一人
暮しを立てている

ヘルパーは昼と夕
一時間ずつ

一切れのノリとチーズ
コップ一杯　焼酎のお湯割り
味噌汁とピンポン玉より小さなおにぎり
それで十分と言う
九十六才

娘は
二度と電話しないで　と
市の職員に伝えてきたという

半年前まで

頑なにヘルパーを拒んでいた

二度の入院
点滴を外し　ベッドに立ち上がる
病院は手を焼いて
自宅で療養
看護師が週二回　検温と薬の管理

その人からの言葉
「はい、お食事終えられたら帰りますね」
言いながら俯いてしまった

別れは永久

月日重ねるほどに　深まるだろう
悲しみ

暮しままならぬ　悲しみ
別れの　悲しみ
生きる　痛み

知るほどに深まり
深まるほどに痛む

されど　日々坦々

その命
輝いて

私は見つめる
思い深まり
頭深々と
掌に沈める
この頃

陽に向かう

今　陽が昇り
窓辺が明るんで　私は目覚める
そして
遠く西の国で暮らすあなたを思う
一日のなすべき事を終え
眠りに就こうとしていることだろう
どんな一日だったのか

満ち足りた一日だっただろうか

朝の陽に向って
おやすみを言おう

沈む夕陽に向って
今日に感謝しながら　あなたを思う
陽が巡り
朝を迎えたあなた

安らかな夜も　不安な夜も
今　明けて　新しい一日が始まろうとしている

そんなあなたに向かって
祈りを込めて　お早うと言おう

計らうことは

計り事は
いつの間にか浸透していく
まだはっきりと是非の評価の
定まらないものも
一旦執政者の口に上ぼれば
人々は計らうのだ
町内や村の小さな会報でも

公民館や市民会館の取組みでも
ジャーナリズムの世界でも
計られていく
「いかがなものか」と

この国は
民主国家であると口にするが
多数決の原理を前面に
数にもの言わせて
議論を尽くすことも
そこそこに
法案は決められていく

これは
民主主義なのか

そして
「いかがなものか」と
計るのだ

人々が目先の事に
気を取られているあいだに
壁は高くなり
誰も核心に触れられなくなる

この国は
どこへ向かっていくのか

思い

私が私にできること
全身全霊をもって呼吸すること
命を信じること
感謝すること
祈ること

そのことだけ
一心に行ってみよう

その先へ

真理を求める旅人
それは私でありあなただ

求めて得られるものではなく
求めねば得るものはない

ただ無心に
宙を仰ぎ地を眺める

一瞬感じる時があるのだ

地から出でて
宙へ抜けて行く

宙を貫き
地へ抜けて行く
その間にある
己　自身

つかんだと思うと離れて行く
離れたと思えば内にある

己を
俯瞰しながら内にある
言葉ではなく感じるもの

だから
今日も立つのだ
宙と地の間に

秘匿するも

汚物は地面へ
埋めてしまう
真理には目を背むけ
隠蔽する
は
常に人

ある日
雨が降る
山から川から街から

地下へ浸透する水
あらゆるものを含んで
流れていく

地鳴りのように響く
太古の教え
継ぐ人の術
シャンバラの道

秘匿されたものも
吹き出し
清めずにはおかない
宇宙《そら》の約束

テールランプ

テールランプは連なって
いつの間にか止まってしまった
何処にも出口のない
高速道路の上では
ただただ
耐えるしかないのか
まるで悲しみをこらえて

列を作る
葬送のように

人類が繰り返してきた
殺戮の流れの上を
一つ　また　一つと
テールランプは点っていく
坂を登り　カーブを曲り
続いていくのだ　赤い光が

葬送の列に加わる人々の
見据える先に　何があるのか

声を上げても届かない
訴えても聞き入れられない
怒り　悲しみ　うらみ
やり場のない思いは

一つ　一つ　点って
積み重なり　連なって
延々と続く

沈みかけた太陽に向って
伸びる
テールランプの列
この逃げ場のない場所から
何が生まれてくるのか
沈みかけた太陽に
問う
何を　見ているのか　と

空は

手を入れなかった
庭も畑も
自然が凌駕している
圧倒的な草に
何処から手を付けていいのか
怯みそうだが
まずは一歩　踏み出したところから
鎌で
一掴み一掴み切り取る

ひざ丈ほどに伸びた
草に足を取られ
天を仰いで
倒れ込んだ
草々の間から飛び込んできた空は
高く深く広々としている

父も倒れたという
意識を失い
気がついた時
空を仰ぎながら
このまま逝くのかと
考えたという

父は虚空を

感じていたのか
深い悲しみと孤独を
かかえた心に
空は沁みたのだろう

深い空《くう》を見上げ
父を思っていた
母を思っていた
帰って逝った人々を思っていた

一人だが
悲しみは深いところに沈んでいるが
孤独ではないと
思っていた

初出誌一覧

Ⅰ　ネーマプロブレマ

国境の青年たち　一九九五年五月「あそ・ま」二号
ネーマプロブレマ　発表年月日不明
サラエボのスズメ　二〇〇五年「縄」一八号
スプリットの風　二〇一四年四月「沃野」五八五号

Ⅱ　祈り

橋　一九八二年一〇月「沃野」二一九号
おもい　一九九三年七月「沃野」三三六号
夏の日に　二〇〇三年「縄」一六号
森へ　一九九七年一月「沃野」三二八号
川へ　一九九六年一二月「沃野」三七七号
野原にて　二〇〇一年一〇月「詩と思想」
百舌がいた冬　二〇〇〇年一二月「沃野」四二五号
病室にて　二〇〇七年「縄」二〇号

暮らしの中で　二〇〇二年一二月「沃野」四四九号
父へのオマージュ　二〇一三年「縄」二六号
祈り　二〇一二年八月「沃野」五六五号
山の畑へ　二〇一〇年一二月「沃野」五四五号
畦豆　二〇一六年一月「飛揚」六二号

Ⅲ　標的

標的　二〇一四年「縄」二七号
再会　一九九六年六月「詩と思想」
Kさん追悼　二〇一一年「縄」二四号
恩納の女　「島空間から」第六集
宮城島　二〇〇五年四月「詩と思想」

Ⅳ　その先へ

内なるものへ　一九九八年一一月「沃野」四〇〇号
家路　一九九八年八月「沃野」三九七号
温もりをあなたに　二〇〇七年「縄」二〇号

視線　二〇一二年「縄」二五号
風の記憶　二〇〇九年六月「沃野」五二七号
この頃　二〇一〇年五月「沃野」五三八号
陽に向かう　二〇一一年一月「沃野」五四六号
計らうことは　二〇一四年「縄」二八号
思い　二〇一二年「縄」二五号
その先へ　二〇一五年九月「沃野」六〇〇号
秘匿するも　二〇一五年七月「飛揚」六一号
テールランプ　二〇一五年「縄」三〇号
空は　二〇一六年「縄」三一号

あとがき

私は筆が遅く、詩誌への発表作品も多くありません。だから、そこへの発表で充分満足していました。

しかし最近になって、還暦のころには、一度自分の作品をまとめてみたいと思いはじめました。

詩誌に発表を始めて、三〇年を越す歳月で書き散らした作品の中から、或る程度方向性の定まったものをまとめました。

思春期の頃から詩を書き始めて、どんな時でも詩が傍らにありました。思いを書き留めたものが詩であったということだと思います。

私の場合、作品に育った風土や習慣等、体に滲み込んだものが、意図することなく、現れて来るようです。その作品を通して、改めて自分を知る作業を繰り返してきたのだと思います。

その積み重ねが「知行合一」を旨とした生き方を目指したいという思いへと導いてく

れたと思います。

詩を読み、書く暮らしは、毎日を決しておろそかにはできないことを、私に教えてくれました。そうして詩は、私を育ててくれています。

日々を丁寧に暮らすことは、祖父母の思い出と繋がり、伝統の重みをしみじみと感じることとなりました。

カバーに使用した布柄は、祖母の着物柄です。

明治のころは、一枚の着物を作るにも、一つ一つが人の手でなされておりましたから、その手の温もりが愛おしくてたまりません。

ただただ詩の好きな人間が、家族の中で、詩誌の仲間の中で、詩を深めて来ることができましたのも、最初に参加した「愛知詩人会議」の方々を通して多くを学ばせて頂いたおかげです。

そして漠然とした、行を分けた文章を、詩という文学に高めていくきっかけを与えてくれたのは夫でした。夫は私の拙い文章に、苦笑いをしつつも寄り添ってくれました。

この詩集は、私の還暦を期に編もうとしたものですが、人生を詩と共に真剣に歩む決意をした、夫との記念日を発行日と致しました。

夫と編集作業を気長に付き合って下さり、いろいろとアドバイスを下さった葵生川玲さんに感謝致します。

著　者

著者プロフィール

一九五五年十一月四日生まれ
岐阜県中津川市出身
愛知詩人会議、沖縄詩人会議各会員
「飛揚」執筆会員

□詩集　その先の視線へ
□二〇一七年三月一日初版第一刷発行
□定　価　二〇〇〇円（税別）
□発行所　視点社
115-0055 東京都北区赤羽二―二九―七
電話・ＦＡＸ　〇三―三九〇六―四五三六
□発行人　横山智教
□著　者　服部昭代
□装　幀　滝川一雄
□印刷・製本　モリモト印刷株式会社
□978-4-908312-06-9 C0092 ¥2000E
□Ｅメール　aoik@circus.ocn.ne.jp